El Muro

Le Mur by Philippe de Kemmeter
© 2002 Alice Ëditions.
© 2004 Editorial entreLIbros, edición en castellano para todo el mundo.
© 2004 Traducción Editorial entreLIbros.

Primera edición: octubre 2004.

ISBN:84-9338837-8
Printed in Spain- Impreso en España.
Impreso por Limpergraf, S.L. Deposito Legal: B-40155

Philippe de Kemmeter

El Muro

entre i bros

En el espacio, (al fondo a la izquierda) hay un planeta muy pacífico, donde la familia Blink vive muy tranquila.

¡Mira! Aquí están:
Papá Blink, Mamá Blink, Nadia Blink
y el gato que se llama Blinky.

Una mañana, Papá Blink se despierta y mira por la ventana. Dice, «¡OH! ¿Pero qué es esto?»...

al ver una pequeña casa nueva y
un extraño cohete justo delante de su casa.

Los habitantes de la nueva casa son los Blonk.
La familia Blonk son: Papá Blonk, Mamá Blonk,
David Blonk y el perro Blonko.
La familia Blink mira con mucha atención.

«Mira qué raros son», dice Papá Blink.
«Cada uno tiene cuatro brazos y dos piernas.
Es muy extraño. Y además, su cohete tiene un
color muy distinto. Cuando Mamá Blonk prepara
la comida huele a lentejas con chocolate.
Y su hijo juega a la pelota sólo con dos piernas...»

Papá Blink no se siente muy seguro. Decide
entonces construir un muro entre las dos casas.
Piensa: «¡Así estaremos más tranquilos!»
«Son tan diferentes de nosotros...».

Una vez el muro acabado, las dos familias lo miran
y no lo encuentran muy bonito. «¡Qué feo!» dice
David Blonk, «¡No me gusta!» dice Nadia Blink.

La Luna observa la escena desde las alturas...

Y no le gusta NADA.
"Si es así, voy a divertirme molestándoles.
Haré siempre sombra sobre el pequeño planeta,
primero a unos y luego a los otros..." Piensa:
«A ver si de esta manera buscan una solución.»

Nadia Blink tiene una idea:
«¿Por qué no pintamos el muro de color rosa?
¡Quedaría más bonito!»

David Blonk se divierte escalando el muro
con sus cuatro brazos y dos piernas,
la verdad es que no lo hace nada mal...

Lo que tenía que pasar, pasó: desafortunadamente,
el pote de pintura resbala al otro lado del muro...

y a David Blonk le cae el pote de pintura en toda
la cara. La Luna no los pierde de vista y
le entra una risa galáctica.

Nadia Blink propone a David Blonk, pintar también el otro lado del muro de color rosa.

Juntos, los dos niños se ponen a trabajar.
Una vez el muro está completamente pintado,
tiene por primera vez una utilidad:
puede servir como red de tenis.

Gracias al muro, las dos familias se han acercado.
Tanto, que algunos años más tarde....

Nadia y David se unen al pie del muro
para lo bueno y lo malo.

A la mañana siguiente Nadia y David
se marchan de luna de miel.
Las cazuelas hacen ¡*blink, blonk*!

Durante la ausencia de la pareja,
las dos familias se reúnen para hablar.

Desde arriba, la Luna no oye bien lo que dicen.
Algo sí que es seguro, hablaron mucho tiempo.

Al día siguiente, empiezan a trabajar.

Construyen otro muro, y otro....

Siguen construyendo más muros....

Y construyen un pequeño garaje para el cohete.

Ahora en el planeta
(al fondo a la derecha, en el espacio),
hay tres casas, una completamente rosa.

La vida no es tan tranquila.
Pero mucho más divertida...

¡El planeta está lleno de Blinks y Blonks!
Y allá arriba la Luna no se pierde detalle...